O Segredo do Rio

www.oficinadolivro.pt

© 1997, Miguel Sousa Tavares, Fernanda Fragateiro
© desta edição: Oficina do Livro – Sociedade Editorial, Lda.
uma empresa do Grupo LeYa
Rua Cidade de Córdova, 2
2610-038 Alfragide
Tel.: 21 041 74 10, Fax: 21 471 77 37
E-mail: info@oficinadolivro.leya.com

Título: *O Segredo do Rio*
Autoria: Miguel Sousa Tavares
Ilustrações: Fernanda Fragateiro
Revisão: Marcelo Teixeira
Composição: Oficina do Livro,
em caracteres Optima, corpo 13,5
Impressão e acabamento: CEM

1.ª edição: Setembro, 2004
21.ª edição: Dezembro, 2010

ISBN: 978-989-555-076-0
Depósito legal n.º 307339/10

Miguel Sousa Tavares

O Segredo do Rio

ilustrações de
Fernanda Fragateiro

Para o Martim

que queria saber por que é que as estrelas
não caem do céu.

Era uma vez um rapaz que morava numa casa no campo. Era uma casa pequena e branca, com uma chaminé muito alta por onde saía o fumo da lareira, que no Inverno estava sempre acesa, e que servia para cozinhar e para aquecer a casa.

À roda da casa havia um pomar com árvores de fruto e, como as árvores eram de várias espécies, havia sempre fruta fresca durante quase todo o ano. No Inverno as árvores davam laranjas e tangerinas, na Primavera davam pêras e maçãs vermelhas, no Verão era a vez das ameixas, das cerejas e dos pêssegos, no fim do Verão e no Outono chegavam os figos e os marmelos e a parreira grande que dava sombra enchia-se de uvas. E, quando passava a estação própria de cada fruta, podia-se comer as compotas que a mãe do rapaz tinha feito e que guardava em tigelas de barro e boiões de vidro que davam sempre um cheiro perfumado a toda a casa.

Mas, além das árvores do pomar, o campo à roda da casa onde o rapaz vivia tinha também outras árvores, muito altas e grossas e que eram tão antigas que já estavam lá antes de a casa ter sido feita pelo avô do rapaz. O castanheiro dava castanhas, a nogueira dava nozes, mas, acima de tudo, as árvores grandes e antigas, como os dois carvalhos em frente de casa, davam sombra e pareciam guardar a casa e fazer companhia.

Junto ao ribeiro, que passava à frente do terreno, havia faias, altas e esguias, e chorões, cuja copa densa caía até ao chão e debaixo das quais o rapaz brincava às cabanas com os amigos e com os dois irmãos mais novos.

Mas o sítio preferido do rapaz era o ribeiro. O ribeiro era um braço do rio que passava lá ao longe, na aldeia, e que de repente se separava dele e serpenteava pelo meio dos campos, entre os arrozais e os campos de milho do Verão, até voltar a encontrar-se outra vez

com o rio principal, já depois de passada a casa.

O ribeiro fazia uma curva e depois mergulhava numa pequena cascata de pedras, antes de se alargar e formar um lago, mesmo em frente da casa. O chão era de areia e pequenas pedras, que se chamam seixos, e a água era transparente e óptima para beber.

As pessoas que moravam naquele lugar e na aldeia próxima bebiam daquela água, cozinhavam com ela e pescavam no rio e por isso todos tinham muito cuidado para não sujar o rio, deitando lixo ou outras coisas lá para dentro. As pessoas sabiam que a água é a coisa mais preciosa da vida e que um rio que corre limpo é um milagre da natureza que não pode ser estragado.

Aí, nesse pequeno lago que o ribeiro formava, o rapaz aprendera a nadar ainda muito pequeno e passava lá todos os dias de Verão a tomar banho. Debaixo de água nadava com os olhos abertos e por isso conhecia já quase todo o fundo do rio, desde as pedras mais bonitas até às várias espécies de peixes que desciam pela cascata e atravessavam o lago, continuando pelo rio abaixo em direcção ao mar, muito longe dali. Havia também dois ou três peixes que não estavam de passagem e moravam nas margens do pequeno lago, entre esconderijos de pedras, cobertos por ramos de árvores que mergulhavam sobre as águas e escondiam os seus buracos. Às vezes o rapaz ia espreitá-los nas suas casas e, quando não os via lá, sabia que os peixes tinham ido nadar ao longo do rio, à procura de comida.

Quando ficava com frio de tanto tomar banho, o rapaz vinha estender-se num pequeno espaço de areia muito grossa que havia na margem do ribeiro e ficava a aquecer-se ao sol. Nas noites de Verão, antes de ir para a cama, vinha também muitas vezes sentar-se ali, para se refrescar com a brisa fresca que vinha do rio, ou então deitava-se de costas na areia e ficava a olhar para as estrelas do céu, que brilhavam como se estivessem todas em festa.

Às vezes passava uma estrela cadente no céu, e o rapaz pedia logo três desejos à estrela, como tinha aprendido com a sua mãe.

A mãe ensinara-lhe também que cada estrela do céu era uma pessoa boa que tinha morrido e que tinha deixado na terra alguém de quem gostava muito e, por isso, ficava no céu, depois de morrer, e de lá de cima via tudo o que se passava cá em baixo e tomava conta das pessoas de quem gostava e que deixara cá em baixo.

Uma noite de Verão, quando a luz da Lua deixava ver até o fundo do rio, aconteceu que o rapaz estava sentado à sombra de um chorão e ouviu o barulho de alguma coisa a roçar nas silvas, na outra margem do ribeiro. Escondeu-se mais na sombra e ficou muito quieto a escutar. E então viu um grande javali, com as suas presas que pareciam facas e o focinho a cheirar o chão, que saiu do mato, seguido por dois filhotes pequenos, e foi até ao ribeiro, onde todos começaram a beber água. Com o coração aos pulos, de medo e de excitação, o rapaz ficou suspenso, sem fazer nenhum

movimento e quase sem respirar, até que o javali e os seus filhotes acabassem de beber e desaparecessem outra vez no mato.

Mas a maior aventura do rapaz no rio ainda estava para acontecer e deu-se numa tarde de Primavera, quando o campo estava cheio de trevos, de malmequeres e de girassóis e a casa parecia toda cercada de flores, que cresciam nos canteiros e nos vasos que a mãe do rapaz regava e tratava com tanto cuidado.

Era uma tarde já quente mas a água do ribeiro ainda estava muito fria para se poder tomar banho e o rapaz estava deitado de bruços na pequena praia de areia, distraído a fazer uma construção com pedras e ramos de árvores. De repente ouviu um grande barulho na água atrás de si e voltou-se ainda a tempo de ver um enorme peixe que dava um salto imenso fora da água, todo torcido como se fosse uma bailarina, e, depois de ficar um instante suspenso no ar, olhando tudo à roda, caiu outra vez dentro de água, com um grande estardalhaço,

salpicando água até onde estava o rapaz. Este ficou quieto de medo, porque nunca tinha visto um peixe daquele tamanho e nem sabia que os peixes podiam dar saltos tão grandes fora de água. Sem saber o que fazer e até sem coragem para fugir, o rapaz ficou a olhar para a água e viu claramente o peixe que nadava de um lado para o outro, como se fosse dono do lago. Mas o mais extraordinário é que daí a bocado o peixe tirou metade do corpo fora da água, como se estivesse em pé no fundo, e pôs-se a olhar para o rapaz, com um sorriso na sua boca enorme. E, depois, como se fosse um sonho, o rapaz ouviu o peixe a falar, com uma voz estranha, que parecia vir do fundo do rio:

— Olá, rapaz! Tu vives aqui? – perguntou o peixe, com muito bons modos.

— Vi-vi-vo – gaguejou o rapaz, ainda a tremer de medo.

— Ah – disse o peixe – este é um sítio muito bonito. O ribeiro é muito bonito, a água é muito limpa e há várias pedras onde se pode construir uma casa. Este lago é teu?

— É, é m-meu – disse o rapaz. – É on-onde eu tomo banho no Verão, é onde eu brin-brinco sempre que não está a cho-chover. Mas, diz-me uma coisa, peixe – o rapaz encheu-se de coragem –: como é que tu falas a língua das pessoas?

— Ah, isso é a história da minha vida. Queres ouvi-la?

— Quero – disse o rapaz, já cheio de curiosidade.

— Pois bem, vou contar-te. Eu nasci e cresci dentro de um aquário que pertencia a um rapaz assim da tua idade. Ele gostava muito de mim e tratava-me muito bem. Estava sempre a dar-me comida e por isso eu fui crescendo muito. E falava tantas vezes comigo, contava-me tudo da vida dele, conversámos tanto, tanto, que eu acabei a falar a língua das pessoas. Mas só consigo falar fora da água. Debaixo de água só falo a língua dos peixes. Então aconteceu que eu fui ficando tão grande que já não cabia no aquário e a mãe do rapaz resolveu que eu tinha de ser deitado fora. Então combinou-se que eu iria ser lançado num rio muito grande, para que vivesse com os outros peixes. Eu e o meu amigo chorámos muito por nos separarmos, mas não havia nada a fazer e então ele levou-me dentro do aquário até um rio e deitou-me lá para dentro, dizendo-me "vai e sê feliz". E, de então para cá, já passou muito tempo e eu tenho nadado sem parar, subindo e descendo esse rio e outros ribeiros, à procura de um lugar bom para fazer a minha casa. Mas ainda não encontrei nada tão bom como o aquário onde eu cresci. É esta a minha história.

E, dizendo isto, o peixe calou-se e aproveitou para mergulhar dentro de água e respirar, porque os peixes só respiram debaixo de água.

O rapaz ficou em silêncio, a pensar no que fazer. Aquele peixe enorme e falador era uma coisa muito estranha ali no seu ribeiro. Se ele ali ficasse, nunca mais poderia nadar à vontade no lago e nunca mais poderia estar ali sozinho, como gostava. Mas também tinha pena do peixe, há tanto tempo à procura de uma casa para viver, e pensou no outro rapaz que tinha chorado quando se separara do peixe e que a esta hora devia estar a pensar se o peixe seria feliz no rio ou se não tinha encontrado nenhum lugar para viver e já teria ido parar ao mar, sendo engolido por algum tubarão.

Assim, quando o peixe voltou a tirar a cabeça fora de água, o rapaz já sabia o que ia fazer. Mas antes perguntou-lhe:

— Que espécie de peixe és tu?

— Sou uma carpa, um peixe de rio, os que dão os maiores saltos fora de água. Alimento-me de lagartos do fundo do rio ou de insectos que pousam à superfície da água. Gostamos de viver sempre no mesmo sítio e conseguimos viver muitos anos até morrer.

— Então, peixe, vamos fazer um acordo. Tu ficas a morar aqui, constróis a tua casa e fazes a tua vida. Mas ninguém pode saber que tu falas a língua das pessoas e que conversamos os dois. Se souberem que eu falo com um peixe, vão achar que sou maluco e tiram-me daqui. Ouviste?

— Fica combinado, e vamos ser amigos. Muito e muito obrigado! – disse o peixe, feliz.

E deu um salto tão grande fora da água que o rapaz teve de olhar para o céu para ver até onde ele subira.

E assim, durante toda aquela Primavera, o rapaz e o peixe foram ficando amigos e aprendendo a brincar juntos. Quando o rapaz não tinha escola ou não era chamado para ajudar os pais, vinha até ao ribeiro e aí ficava a falar com o peixe ou a jogar à bola com ele: o rapaz atirava a bola ao peixe, que a agarrava na boca, dando um salto fora de água, e mergulhava com ela no fundo do rio. Depois, de repente, quando o rapaz não estava à espera, o peixe dava um salto fora da água e com a boca atirava a bola com toda a força para terra, onde o rapaz tentava agarrá-la.

Chegou o Verão e os dias lindos continuaram, mas agora com mais calor. Estava sempre sol, e noites claras de estrelas, e em breve a mãe do rapaz autorizou-o a passar a tomar banho no rio, porque já não estava frio. Esses foram os tempos de grande brincadeira entre o rapaz e o peixe. Juntos, mergulhavam dentro de água, o rapaz agarrado à cauda do peixe, que nadava à superfície e o arrastava com toda a força, como se fosse um barco a motor. Às vezes, o peixe parava num ponto no meio do rio e dizia ao rapaz: "agarra-te ao meu rabo com força que vamos mergulhar lá no fundo, para eu te mostrar umas pedras muito bonitas." E o rapaz agarrava-se com as duas mãos à cauda do peixe, fechava a boca e, com os olhos muito abertos, descia até ao fundo do rio e voltava para cima agarrado a ele. Os outros peixes, que os viam passar assim debaixo de água, olhavam espantados para eles e paravam no sítio onde estavam, suspensos de admiração e com os olhos muito abertos, como os das crianças no circo.

Nas noites mais quentes desse Verão, quando o calor não o deixava dormir, o rapaz descia, silencioso, pela janela do quarto e ia até ao ribeiro. Então, atirava umas pedrinhas para dentro de água, que era o sinal combinado

para chamar o seu amigo. E o peixe, que dormia no seu buraco, feito com pedras e ramos de árvores arrastados pela corrente, acordava com o som das pedras a cair dentro de água e vinha ter com o rapaz à margem. E aí ficavam a conversar muito tempo, o rapaz contando o que se passava na escola e em casa, e o peixe contando tudo o que acontecia debaixo de água, dentro do rio.

Passou o Verão, veio o Outono e, em lugar das chuvas que se esperavam, o sol continuou sempre a brilhar e os dias continuaram muito quentes.

O rapaz estava feliz porque isso permitia--lhe continuar a tomar banho no rio durante o dia e a vir sentar-se à noite na sua margem. Mas o pai do rapaz andava calado, com cara de poucos amigos, falando pouco e resmungando muito. Pelas conversas do pai com a mãe, o rapaz percebeu que ele estava preocupado com a falta de chuva. As colheitas do Outono estavam ameaçadas, o milho estava seco, as uvas queimadas, a seara não crescera e não havia azeitonas nas oliveiras.

E, de semana para semana, as coisas foram ficando piores. Continuava a não chover e em breve o poço que servia para regar os legumes e o pomar ficou seco. As laranjas, os marmelos, as romãs, apodreciam nas árvores, antes que ficassem maduros para poderem ser colhidos. O pai do rapaz andava agora profundamente triste e às vezes até arrancava os cabelos da cabeça, sem saber o que fazer.

E um dia, estava o rapaz já deitado na cama, ouviu uma conversa entre o pai e a mãe, que estavam sentados em dois bancos ao pé da lareira. Dizia o pai:

— Já não há pão no celeiro, não há azeite no lagar, não há fruta nas árvores. Não temos legumes nenhuns para vender na cidade e trocar por comida. Não sei o que vamos dar de comer aos filhos daqui em diante. Como não choveu nada durante a Primavera e o Verão, nem sequer há caça nos campos. Não vejo um coelho, uma lebre ou uma perdiz. Fugiu tudo.

A mãe ficou calada, a pensar. Também ela não tinha fruta para fazer compotas, não havia trigo nem milho para vender ao moleiro para que ele os transformasse em farinha no seu moinho. No galinheiro já restavam poucas galinhas e patos e também não havia comida que sobrasse para lhes dar. O porco, que devia ser morto quando viesse o frio, não tinha engordado muito e não daria muita carne para o Inverno. A vida no campo é assim: nos anos de abundância, quando chove muito e nas alturas certas, enchem-se os celeiros e as despensas de comida, todos ficam felizes e há festas nas aldeias a todo o tempo para celebrar as colheitas. Nos anos de seca, os prados ficam secos, a fruta apodrece nas árvores, a caça foge, e as pessoas andam tristes e às vezes passam fome. Tudo o que, mesmo assim, conseguiam produzir, vendiam para as cidades, para poderem comprar as outras coisas que precisavam, como roupa para os filhos ou os remédios, para quando eles estivessem doentes. Assim, as pessoas das cidades, que têm sempre comida, julgam que no campo nunca falta nada de comer, mas não é verdade:

os camponeses vendem o melhor que têm para a cidade e ficam com os restos e com o pior, que às vezes não lhes chega. Nos anos piores, eles têm de aproveitar tudo: fazem sopas de ervas daninhas, usam as cascas das batatas e das cebolas e cozinham raízes de árvores.

A mãe do rapaz já tinha conhecido outros anos assim e sabia que não havia nada a fazer: só choveria quando o céu quisesse.

— Não sei o que vamos fazer. Não sei o que vamos dar de comer aos nossos filhos – repetia o pai, com voz triste, a olhar para a tijoleira gasta do chão.

Mas, de repente, a mãe teve uma ideia e a cara dela alegrou-se:

— Agora me lembro! Vi há dias uma carpa gigantesca, aqui no ribeiro, em frente de casa. Voltei a vê-la dois dias depois, o que quer dizer que ela vive aqui. Se tu bloqueares com um tronco de árvore ou com uma rede a parte de baixo do rio, ela não consegue fugir por aí nem pela cascata acima e fica presa. Então podes apanhá-la, nem que seja com um tiro de caçadeira. Digo-te que aquele peixe deve pesar aí uns cinquenta quilos e, depois de arranjado e de o salgarmos, deve dar comida para uns dois meses, até que se mate o porco. Que achas?

— Grande ideia! – disse o pai. – Amanhã mesmo, logo de manhãzinha, vou tirar a rede da capoeira e estendê-la dum lado ao outro do ribeiro, para que a carpa não possa fugir. E depois vou apanhá-la.

O rapaz ouviu aquela conversa e ficou gelado de terror e sem saber o que fazer. Se avisasse o peixe e ele fugisse nessa noite, ficava na mesma sem o seu amigo e a família ficava sem comida. Por outro lado, se deixasse o pai pescar a carpa, ele não conseguia imaginar-se capaz de comer aos bocados aquele peixe que agora era seu grande companheiro de conversas e de brincadeiras.

O rapaz ficou muito quieto no escuro, na cama, enquanto continuava a ouvir os pais a conversar na sala. Depois, eles foram-se deitar e a casa ficou toda às escuras e em silêncio.

A Lua estava em quarto crescente e vinha uma luz lá de fora que entrava pela janela do quarto e vinha bater no chão ao pé da cama do rapaz. Ainda a tremer de medo, este levantou-se, vestiu à pressa umas calças e umas botas, abriu a janela devagar para não fazer barulho e deixou-se escorregar para o lado de fora da casa.

Correu até à margem do ribeiro, até à praiazinha de areia grossa, e fez o sinal combinado para acordar o peixe, atirando três pedrinhas para o sítio onde ficava a casa dele.

Passados uns instantes, ouviu um barulho debaixo de água e apareceu a cabeça da carpa, ainda com os olhos pequeninos de quem tinha acabado de acordar.

— Mas o que se passa, o que queres a uma hora destas? – perguntou o peixe.

O rapaz contou-lhe rapidamente o que se passava e disse-lhe:

— Tens de fugir já esta noite. Daqui a bocado, logo que romper o dia, o meu pai estará aqui para montar a rede e, se tu não tiveres fugido, ficas preso.

As despedidas foram rápidas e tristes. O rapaz tinha lágrimas nos olhos ao pensar que se ia separar do amigo e também por pensar que o peixe tinha de recomeçar outra vez a sua procura de um sítio bom para viver. O peixe iria descer o ribeiro até voltar a encontrar o rio que vinha da aldeia e, quando aí chegasse, teria de escolher entre subir ou descer o rio, à procura de uma nova casa.

— Adeus, adeus. Não chores – disse-lhe o peixe. – Talvez, se não for viver para muito longe, um dia te possa vir visitar no Verão e voltaremos a tomar banho juntos. Adeus, meu amigo, não esquecerei nunca que me deixaste viver aqui no teu ribeiro e que me salvaste a vida esta noite. Onde quer que eu esteja, nunca me esquecerei de ti.

E, dito isto, o peixe mergulhou outra vez na água e afastou-se devagarinho pelo rio abaixo. O rapaz ficou a ver a sua sombra debaixo de água, através da luz da Lua, até que deixou de o ver e de ouvir o barulho da água à sua passagem. Então, deitou-se de bruços na areia e deixou-se chorar durante muito tempo. Depois, voltou para casa e deitou--se na cama, tão triste por dentro, que era como se tivesse uma pedra dentro do peito, no lugar do coração.

Claro que, no dia seguinte, foi grande a decepção e o desalento do pai quando, depois de montada a rede, percebeu que afinal a carpa já não vivia ali. O rapaz seguiu os seus gestos à distância, sentindo-se culpado por aquela traição, mas ao mesmo tempo sentindo-se aliviado por não ter de ver o amigo a ser morto com um tiro.

Nessa noite o jantar foi muito triste. Todos estavam silenciosos e tristes. Os pais, porque tinham visto desaparecer a última esperança de arranjarem comida para os próximos tempos, e o rapaz porque tinha saudades do amigo e nem conseguia pensar nele sem imaginar a falta que lhe ia fazer.

E tudo continuou triste nos dias e nas semanas seguintes. O Sol continuava a brilhar e os dias eram lindos, mas não se pode comer o Sol e as pessoas do campo não se cansavam de olhar para o céu, a ver se avistavam nuvens que fossem sinal de chuva. Ninguém se atrevia a fazer as sementeiras daquela época, com medo de que a falta de água matasse as sementes na terra. Todos andavam maldispostos e as pessoas quase não falavam entre si. O rapaz nunca mais fora passear para a margem do rio. De repente, o rio tinha perdido o seu segredo, tinha perdido a sua magia. A vida do rapaz parecia-lhe completamente vazia e sem sentido. Preferia não ir passear para o rio, nem sequer olhar para lá para não sentir mais a falta do seu amigo. Todo o tempo em que não estava na escola, ficava em casa, fechado no quarto e deitado na cama a olhar para o tecto. E perguntava a si mesmo se o mundo iria acabar.

Tinham passado duas semanas desde que o peixe se fora embora. A Lua estava agora cheia e, num céu límpido, sem nuvens algumas, de noite via-se quase tão bem como de dia. Numa noite dessas, o rapaz estava à janela do quarto, entretido a ver as sombras que a luz da Lua fazia no olival e no pomar e a ouvir o canto das corujas, que gritavam umas com as outras, como se fosse de dia e estivessem cheias de pressa. Dali, da janela do quarto, conseguia avistar o ribeiro e via as suas águas quietas, que, ao luar, pareciam pintadas de prata. Estava exactamente a olhar para o ribeiro, quando o coração lhe deu um pulo no peito.

Foi como se tivesse uma visão: primeiro, distinguiu um remoinho debaixo de água e depois viu claramente o corpo enorme do peixe sair metade fora de água e ficar ali em pé, como se estivesse a chamar por ele. O rapaz esfregou os olhos, para ter a certeza de que não estava a sonhar. Mas não estava: viu o peixe mergulhar passado um bocado, para respirar, e logo depois voltar a tirar a cabeça de fora de água e ficar quieto, a olhar.

— "Está à minha espera!" – pensou o rapaz, louco de alegria. – "É ele, é ele que voltou!"

Em menos de um minuto, calçou as botas sem sequer as apertar e, mesmo em pijama, pulou pela janela lá para fora e desatou a correr pelo meio do olival até à borda de água.

Estava tão contente que entrou pela água adentro e abraçou-se ao peixe, sentindo o seu corpo molhado e coberto de grossas escamas.

— Olá, olá amigo, que fazes tu aqui?

— Voltei para viver aqui outra vez, se tu me deixares.

— Mas como podes voltar a viver aqui, se o meu pai te pesca, quanto te vir?

— Mas se eu resolver o vosso problema, se eu arranjar comida para vocês todos, o teu pai já não precisa de me pescar, não é verdade?

— Mas como é que tu nos arranjas comida para dois meses?

— Já arranjei. Está ali, no fundo do rio. Ora, olha.

O rapaz olhou para onde o peixe tinha dito, mas só conseguia ver o que lhe pareceu ser um embrulho enorme, atado por uma rede de pesca.

— O que é aquilo? – perguntou ele.

— Ah, aquilo é uma longa história e difícil

de acreditar. Ora, ouve-me: quando saí daqui, desci o ribeiro e cheguei ao rio grande, lá adiante, junto ao moinho. Não sabia se havia de descer o rio ou subi-lo e ia a pensar como deve ser triste para vocês não terem comida e como deve ser horrível para os vossos pais saberem que, quando se acabarem as últimas reservas, não vão ter nada que dar de comer aos filhos. Não deve haver nada pior para um pai e uma mãe do que verem um filho com fome e não terem nada para lhe dar.

O rapaz ouvia a história, comovido e morto de curiosidade.

— E depois, e depois? – perguntou ele.

— Depois, pus-me a pensar naquilo que os homens comem, que é muito diferente do que comem os peixes. E foi então que, de repente, me lembrei que lá para cima, lá muito para o alto no rio, está um navio naufragado, pelo qual eu passei aquando da minha viagem até vir aqui ter. Eu até tinha ficado dois dias a dormir nesse barco e lembro-me bem do porão dele. Parece que o barco encalhou numas pedras, quando vinha a descer o rio, no ano passado, durante uma tempestade no Inverno. Partiu-se ao meio e foi ao fundo, abrindo-se o porão e despejando a carga no fundo do rio. Como eu fui criado num aquário, numa casa com pessoas, sabia o que era aquela carga: latas de comida, daquelas que as pessoas comem. Então, voltei a subir o rio até lá, para ver o que podia fazer. Descobri o barco e encontrei uma rede de pesca que estava no convés semidestruído. Demorou-me três dias a estender a rede no chão, a pôr lá em cima muitas e muitas latas de comida e depois fazer um saco gigantesco com a rede, e atar as pontas para que não se perdesse nenhuma lata pelo caminho. É esse saco que está aí – concluiu o peixe, ofegante, e mergulhou para respirar.

O rapaz mal conseguiu esperar que ele voltasse à superfície outra vez, para lhe perguntar:

— Mas como é que tu conseguiste arrastar esse saco enorme, com esse peso todo até aqui?

— Olha, foram doze dias e doze noites

de esforço. Primeiro, tentei arrastar a rede sozinho, mas logo vi que não era capaz. Depois, pedi ajuda aos peixes do rio, mas todos eles eram pequenos, não havia nenhum tão grande como eu, e a ajuda que me deram não chegava para nada. Então, ao fim do primeiro dia de esforços inúteis, estava eu na margem a descansar e a pensar no que fazer, quando de repente ouvi um barulho nas moitas e vejo aparecer duas raposas que vinham beber água ao rio. E então lembrei-me de lhes pedir também que me ajudassem. Expliquei-lhes o que era aquela carga, expliquei-lhes que aquela comida ia fazer com que tu e a tua família não tivessem fome durante o Inverno e disse-lhes que tu eras o meu melhor amigo e que, quando as pessoas são amigas dos animais, nós, os animais, temos de retribuir essa amizade.

— As raposas ajudaram-te a trazer a rede? – perguntou o rapaz, espantado.

— Sim, foram elas. Sem as raposas, eu não tinha conseguido. Elas puxavam com os dentes, de terra, e eu puxava de dentro do rio.

Quando a maré estava a vazar, puxávamos sem descanso. Quando a maré começava a encher, parávamos para descansar. Ainda bem que era a descer o rio e não a subir! Mesmo assim, demorámos onze dias e onze noites até aqui chegarmos.

— E as raposas onde estão? – perguntou o rapaz.

— As raposas foram-se embora, lá para a serra onde vivem, porque para elas era muito perigoso estarem aqui ao pé das casas, pois os caçadores podiam vê-las e matá-las. Mas combinámos que, se eu cá ficar outra vez a viver e se tu quiseres, dentro de duas semanas, quando for lua nova, tu vais acender uma grande fogueira e elas virão até aqui para fazermos todos uma festa. Imagina: um peixe, um rapaz e duas raposas a dançarem à roda de uma fogueira!

— Fantástico, fantástico! Nós estamos salvos e tu também estás salvo – o rapaz batia palmas, de contente. – Amanhã vou contar ao meu pai que foste tu que arrastaste o saco com comida até aqui e que foste tu que nos salvaste. Não lhe posso dizer que falas a nossa língua, senão vão achar que tu és um fantasma e vão querer matar--te. Também não lhe posso dizer que nós brincamos e nadamos juntos, senão ele vai-se assustar e vai querer na mesma que tu saias daqui. Ninguém pode saber o nosso segredo.

— Então como é que fazes para ele me deixar ficar aqui? – perguntou o peixe.

— Vou-lhe dizer que és de certeza um peixe muito inteligente e muito nosso amigo. Vou-lhe dizer que não se pode matar nem expulsar quem nos salvou da fome e que nos dás sorte e por isso temos de te deixar viver aqui para sempre.

E assim fez o rapaz no dia seguinte. Contou aos pais o que tinha combinado com o peixe e levou-os até ao rio, onde os pais não queriam acreditar naquele milagre que lhes tinha acontecido.

Durante toda a manhã, o pai, a mãe e os filhos arrastaram a rede para fora da água, cortaram-na com uma faca e carregaram e arrumaram as latas de comida dentro de casa. Havia de tudo: latas de atum, de sardinhas, de carne, de tomate, de feijão, de legumes, de frutas.

Havia comida que chegasse para o Inverno inteiro, mesmo que não voltasse a chover antes da Primavera.

Quando tudo ficou arrumado, quando os pais se sentaram felizes à mesa, rapidamente concordaram em deixar o peixe ficar lá a viver.

— Ele trouxe-nos sorte e mostrou ser nosso amigo. Os animais também são nossos amigos, não são só as pessoas. Um peixe não fala, mas pode ser amigo dos homens, como são os cães, os gatos, os cavalos.

O rapaz sorriu, quando ouviu o pai dizer que um peixe não fala. "Se ele soubesse...", pensou o rapaz.

E a primeira coisa que o pai fez, quando acabou de almoçar, foi fazer uma tabuleta de madeira, presa a um pau, que espetou à beira do rio, e onde escreveu: "proibido pescar neste local."

No dia seguinte, o rapaz fez também uma tabuleta que espetou ao lado da outra e onde escreveu, com a letra desenhada que lhe tinham ensinado na escola: "este rio tem um segredo e esse segredo é só meu."